AF401116

Yf 10-110

REFLEXIONS

SUR

LA TRAGEDIE,

Pour être mises à la suite d'Aristomène.

Par le même Auteur. *(Marmontel)*

Le prix est de dix sols.

A PARIS,

Chez SEBASTIEN JORRY, Imprimeur
Libraire, Quai des Augustins, près le Pont
S. Michel, aux Cigognes.

M. DCC. L.

Avec Approbation & Privilége du Roi.

REFLEXIONS

SUR

LA TRAGEDIE.

’Ai toujours cru , fondé sur le témoignage & sur l’exemple de nos Maîtres, qu’il n’étoit que très-peu de regles générales en poësie ; & qu’une soûmission trop scrupuleuse à celles qu’on nous a prescrites, réfroidissoit l’imagination , & resserroit le talent. Je n’avois donc pris de nos Législateurs, que les principes qui m’étoient les plus analogues, & je m’en étois fait une espece de poëtique, à laquelle je me suis conformé dans les deux Essais que j’ai donnés au Théâtre. Mais quelques critiques

E

qu'on m'a faites sur *Aristomene*, & sur *Denis le Tyran*, m'ont rendu suspects ces principes, & j'ai cru devoir les exposer aux yeux des connoisseurs pour les réformer, s'ils sont vicieux, & pour me rassurer si on les adopte. Ces réfléxions sont les fruits de l'étude : je ne les ai faites que pour moi, & je ne les présente qu'à mes Juges. Du reste, si je prens quelquefois un ton positif ; ce n'est que pour éviter les circonlocutions du doute : & j'avertis qu'*il me semble* est sous-entendu partout où il n'est pas expressément employé.

D E S. MOEURS.   Le grand art d'être utile aux hommes, c'est de tourner les plaisirs au profit des Mœurs. * Il est étonnant que cette ma-

---

* Comme on trouve des Pirrhoniens en tout genre, il en est qui révoquent en doute si les mœurs du Théâtre influent sur celles de la société. Qu'on fasse attention à la force de l'habitude, & la question sera décidée. Tout ce qui émeut l'ame, la change à la longue, & ce principe

xime, la premiere regle de la Poësie, &
surtout de la Poësie Dramatique; ait été
si connuë & si peu pratiquée des Anciens, qui ont d'ailleurs la réputation
d'avoir été meilleurs citoyens que nous.

Comment corriger les hommes par
la peinture des malheurs de leurs sem-
blables; si l'on ne leur fait voir dans les
Caracteres, la source de ces malheurs ?
Or de l'aveu d'Aristote, la plûpart des
Tragédies anciennes, imitent une action
sans mœurs, c'est-à-dire, indépendante
des Caractères. * J'avoue que comme

___

puisé dans la nature a éé pour toutes les Nations une régle de politique.

* Aristote, qui dans sa Poëtique nous a laissé des
conjectures, dont on a eu la bonté de faire des
régles, prétend que les mœurs ne sont pas une
une partie essentielle de la Tragédie. Ce passage
avoit embarrassé Corneille, qui l'explique le plus
favorablement qu'il peut; mais lui & M Dacier
ont beau le pallier. Aristote lui-même en a fixé le
sens. *On trouve, dit-il, entre presque tous nos Poëtes
tragiques la même différence qu'e tre les Peintres,*

nous nous intéreſſons d'autant plus au
ſort des malheureux , qu'il eſt moins mérité ; L'*Œdipe* & le *Philoctete* , par exemple , ſont très-propres à exciter en nous
la terreur & la pitié. Mais de quel vice
peuvent-ils corriger , à quelle vertu peuvent-ils élever l'ame ? Les crimes d'Œ-
dipe étoient inévitables. Il eſt parricide ,
pour s'être battu en homme de cœur , il
eſt inceſtueux pour avoir deviné une
énigme. Tous les Commentaires des En-
thouſiaſtes ne peuvent le rendre ni plus
vertueux , ni plus criminel : cependant
l'Œdipe eſt cité pour exemple , du gen-

*Zeuxis , & Polignote. Ce dernier exprimoit parfai-
tement les Mœurs , & l'on n'en trouve aucun indice
dans les ouvrages de l'autre.* Sur quoi M. Dacier
fait cette remarque. *Tous les Ouvrages de Zeuxis
étoient ſans mœurs , parce qu'ils viſoient au prodigieux & au merveilleux.* La penſée d'Ariſtote eſt
donc même , ſuivant M. Dacier , qu'une Tragédie
ſans mœurs , eſt celle où le merveilleux domine ,
& qui ſe conduit par des moyens ſurnaturels &
étrangers aux Caractères.

te de Tragédie, le plus parfait à l'égard des mœurs. La Tragédie devroit avoir, comme la fable & l'épopée, une moralité à laquelle l'action aboutît, & qui laiſ- ſât dans l'ame des Spectateurs, une impreſſion vive, ou d'horreur pour le crime, ou d'amour pour la vertu, ou de tous les deux à la fois.

C'eſt l'effet que produiſent plus communément, les Tragédies qui finiſſent par une cataſtrophe heureuſe pour les bons & malheureuſe pour les méchans. Ariſtote ne met ce genre de fable que dans la ſeconde claſſe, par une raiſon à mon avis très-frivole ; & lui préfere celle, où un perſonnage également mêlé de vices & de vertus, eſt malheureux par une faute involontaire. Mais, s'il m'eſt permis de le dire, cette regle eſt très-défectueuſe, car 1°. les fautes que fait commettre une *paſſion violente*, ne ſont pas involontaires ; & ſi elles l'étoient, les exemples funeſtes ne ſçau-

Poët. ch. 13.

Ibid.

E iij

Ibid. roient nous en garantir. 2°. Les fautes, d'ignorance, ou qui viennent d'une *force majeure & extérieure*, font inévitables, & la peinture des malheurs qui les fuivent, eft peu propre à nous corriger.

Ariftote exclut du Théâtre les caractères purement vertueux. *S'ils font heureux*, dit-il, *l'action n'eft plus tragique : s'ils font malheureux, leur exemple décourage & révolte ceux qui pourroient les imiter.* Mais fi après avoir foutenu fans fe démentir, les plus rudes épreuves de l'adverfité, ils fortent avec toute leur innocence des périls où ils ont été expofés ; l'action eft tragique, & la vertu produit fon effet fur l'ame des Spectateurs.

Il profcrit les perfonnages purement vicieux, par des raifons à peu près femblables. *Leur malheur*, dit-il, *peut faire quelque plaifir ; mais il n'excite point la pitié, parce qu'il eft trop mérité : il n'excite pas la terreur, parce que le commun des Spectateurs ne leur reffemble pas affez*

pour craindre pour lui les revers qui les pu-
niſſent. Mais ſi ces perſonnages ſont mis
en contraſte avec les bons ; ils les font
ſortir, ils les mettent en péril, ils aug-
mentent l'intérêt , & le crime terraſſé
ſert de trophée à la vertu triomphante.

Plus je lis les Anciens , & plus je
crois m'appercevoir qu'à l'exception
d'Homère, aucun d'eux n'a bien connu
l'art & l'avantage des contraſtes.

Quoiqu'en diſe Ariſtote , ils ſemblent
n'avoir voulu exciter dans l'ame des
Spectateurs qu'une terreur & une pitié
ſtériles ; peut-être parceque ceux qui
décernoient le prix de la Tragédie dé-
cidoient leurs ſuffrages ſur la ſeule é-
motion. Les Modernes ſe ſont quelquefois bornés à ce ſuccès imparfait. L'Œ-
dipe où les Dieux ſeuls ſont criminels ;
l'Iphigénie en Aulide , ce monument de
la plus affreuſe ſuperſtition ; l'Electre &
l'Aſtrée où tout ne reſpire & n'inſpire
que la vangeance ; la Phédre où l'inno-

cence est prise pour victime , où tout
se conduit par la fatalité , ont eu sur
notre Théâtre le même succès que sur
le Théâtre d'Athènes. La raison en est
simple : ces Sujets sont terribles & tou-
chants ; ils ont été maniés par de grands
Maîtres. Mais on ne sçauroit leur ap-
pliquer ce principe d'Horace :

Omne tulit punctum qui miscuit utile dulci.

Aussi, ces mêmes Poëtes modernes qui
se sont quelquefois laissé entraîner à l'i-
mitation, sont-ils bien au-dessus de leurs
modèles, à l'égard des mœurs, quand
ils se livrent à leur propre génie. Les
Dieux , les Oracles, les Destins ne se
mêlent point de l'intrigue du Cinna , du
Britannicus, du Rhadamiste, de l'Alzire. Les passions en font les seuls mobi-
les. Dans le Cinna, l'on voit à quel ex-
cès peut se porter un amour effréné ,
& quel est l'empire de la clémence sur
les ames les moins fléxibles ; dans le
Britannicus, l'affreuse destinée d'un jeu-

ne Roi qui naturellement porté au vice,
eſt encore livré, à la baſſe ambition des
flatteurs ; dans le Rhadamiſte, les tour-
mens d'un cœur que les paſſions ont
entraîné dans le crime, & les malheurs
qui naiſſent de l'extrême ſévérité d'un
pere envers ſes enfans; dans l'Alzire, l'a-
vantage de la belle nature ſur l'éducation
& de la Religion ſur la nature. Voilà des
leçons générales, touchantes & lumi-
neuſes dont les Anciens nous ont laiſſé
peu d'exemples.

Ils ont connu l'importance de la Morale dans les détails ; mais ils en ont dé-
pouillé les perſonnages, pour la rejetter
ſur les Chœurs. Cette maniere étoit plus
facile & favoriſoit la vivacité du dialogue ; mais je doute qu'elle ſoit auſſi
pathétique. Une maxime préciſe &
vraye, miſe en ſentiment ou en réfléxion,
frappe bien plus dans la bouche de
l'Acteur que du témoin, ſurtout lorſqu'elle précéde ou ſuit immédiatement

E v

l'action qui la fait naître ou dont elle
eſt le principe. La ſuppreſſion des
Chœurs a forcé les Modernes à mêler
la Morale au Dialogue. Mais les uns
l'ont fonduë dans le ſtyle, les autres
l'ont détachée. Le premier eſt peut-
être plus difficile & plus goûté des Connoiſſeurs ; le ſecond eſt plus frappant,
& par conſéquent plus favorable. Du
reſte, l'un & l'autre eſt dans la nature.
L'ame a ſes ſaillies & ſes élancemens, &
des illuminations ſoudaines, ménagées
avec goût, ne conviennent pas moins
aux grands caractères, que des idées ſui-
vies.

Ce que je viens de dire de l'avantage
des Modernes ſur les anciens, à l'égard
des mœurs, eſt commun à tous nos
grands Tragiques ; mais il eſt une partie
qui ſemble avoir été plus lente dans ſes
progrès. C'eſt la Philoſophie de l'ame,
cette onction de ſtile qui tourne en ſen-
timents, les idées les plus profondes. &

ſes plus ſublimes. Les ames , ainſi que ſes corps , ont leurs organes qui ſe répondent. L'eſprit parle à l'eſprit , le cœur ſeul peut parler au cœur. Qu'un Poëte eſt éloquent , lorſque dans ſes écrits , c'eſt le cœur qui penſe & qui s'exprime !

Une ſimplicité noble, touchante, marquée au coin de la belle nature , & ſouvent animée par la paſſion ; fait le caractère de Sophocle & d'Euripide, avec cette différence, que le premier eſt plus terrible , & le ſecond plus pathétique. Corneille étonné , accable par la profondeur des idées , la force du raiſonnement , la grandeur des caractères , la ſublimité des ſentimens , & une fécondité d'imagination qui tient du prodige. L'égalité & l'élégance du ſtile , & l'art inimitable de nuancer la plus variée de toutes les paſſions , ont mis Racine au rang des modèles. Un coloris ſombre & majeſtueux , un deſſein plein de hardieſse, un pinçeau mâle & conduit par une imagination vigoureuse ont immortalisé l'un de leurs succeseurs. Il en est un autre à l'égard duquel mon admiration est suspecte : mais qu'il me soit permis de demander quel rang mériteroit parmi les Maîtres du Théâtre, une ame à la fois grande, simple, forte & sensible, qui se seroit pénétrée de tous les principes de la morale, qui auroit fouillé dans tous les replis de la nature, & qui mêlant aux charmes de la plus tendre éloquence le coloris du Poëte & les lumieres du Philosophe, aimeroit assez la vertu & l'humanité pour peindre l'une & instruire l'autre par l'organe du sentiment ? J'ai lu les ouvrages de mon ami & de mon maître, & j'ai dit : » qu'un Auteur est précieux au monde, » quand on ne peut ni l'entendre, ni lire, » sans devenir meilleur ! « Pour résumer ce que je pense des mœurs de la Tragédie, je crois que la gloire d'un Poëte tragique, n'eſt à ſon comble, que lorſqu'on peut écrire à la tête de ſes Œuvres, ces paroles de David. *Et nunc Reges intelligite, erudimini qui judicatis terram.*

De ces principes il réſulte naturellement que tout caractère noble n'eſt pas également favorable à la Tragédie. J'ai déja laiſſé entrevoir que les Anciens me ſembloient en avoir très-peu de vraiment tragiques. Cela vient de ce que l'action de leurs piéces étant indépendante des caractères, ils ont choiſi les ſujets par le fond plutôt que par les perſonnages. Non qu'ils ayent dédaigné de marquer & de ſoutenir les caractères, quand il s'en eſt préſenté: Témoin l'*Iphigénie en Aulide;* mais ils s'en croyoient trop diſpenſés, quand le ſujet ne les y invitoit pas.

Dans les Diſcours de Corneille ſur la Tragédie, on voit que le ſyſtême des Anciens lui répugnoit. Il avoue avec tous les égards qu'il croyoit de-

voir à Ariſtote, qu'*Œdipe* n'eſt pas aſſez coupable, & que *Thieſte* l'eſt trop.
Ce génie vrayment créateur, conce-
voit un genre plus noble & plus parfait
que celui de Sophocle & d'Euripide, &
c'eſt lui qui nous a appris à faire ſortir
l'action théâtrale, du fond même des
caractères.

Cette nouvelle méthode a obligé nos
Poëtes, à chercher des caractères pro-
pres à produire par leurs combinaiſons,
des ſituations & des événemens tragiques. Il a fallu employer le jeu des paſſions, & le contraſte des ſentimens, ces
grands reſſorts de la Tragédie moderne.
Cette reſſource n'étoit pas inépuiſable.
C'eſt une mine d'or où nos Maîtres ſe
ſont enrichis, & où il ne reſte plus que
quelques veines à ſuivre. Qu'un Auteur
ſeroit heureux, ſi, à force de travail, il
pouvoit encore former un groupe comme celui d'*Heraclius !* Avec de tels perſonnages, une action pour être tragi-

que, n'a pas besoin du secours des grandes passions. Dans Heraclius, l'amour est épisodique, & négligemment traité : Phocas d'ailleurs, n'éprouve ni l'extrême sensibilité d'un pere, ni les frayeurs tumultueuses d'un tyran : il n'est qu'inquiet & politique ; mais la vertu & l'union des deux Princes, l'orgueil inflexible de Pulchérie, le silence obstiné de Leontine, & l'horreur naturelle du parricide, mettent Phocas dans des situations plus terribles, que les plus terribles combats des passions. Et de là résulte une des plus belles Tragédies qui ayent paru sur aucun Théâtre du Monde.

Ainsi, il est des caractères tranquiles, qui, heureusement contrastés, & mis en situation, deviennent aussi tragiques, que les caractères passionnés. Qu'on se peigne vivement Socrate dans la prison au milieu de ses amis : cette idée arrache des larmes. J'en ai toujours vu répandre à ces mots d'Auguste à Cinna : *Soyons amis.* Corneille a excellé dans ce genre de Tragédie, peut-être le plus parfait de tous à l'égard des mœurs, & M. 'Adisson est un de ceux qui ont le plus approché de Corneille. Dans son *Caton*, le rôle de ce Romain m'a paru un chef-d'œuvre. Je doute que la passion la mieux exprimée, fîst plus d'impression sur l'ame des Spectateurs, que la tranquilité de Caton, en voyant le corps de son fils, ou lorsqu'après avoir tout préparé pour sa mort, il veille au salut de ses amis. Lorsqu'on voit un grand homme qui dompte la nature, à force de vertu; on aime à s'abandonner pour lui, aux sentimens qu'il étouffe : & on s'y livreroit moins, s'il s'y livroit davantage. C'est une exception à cette regle d'Horace : *Si vis me flere, dolendum est primùm ipsi tibi.*

Mais l'avantage des caractères passionnés, c'est qu'ils se suffisent pourvu

qu'on leur oppofe des obftacles. Ainfi
le caractère d'Ariane n'a befoin que de
l'infidélité de Théfée, pour foutenir avec
affez de chaleur une action de cinq Actes. Ainfi le filence de Zaïre fait paffer
Orofmane par tous les mouvemens de la
plus violente paffion & met continuelle-
ment en fituation l'amoureux le plus tragique qui foit au Théâtre. Au lieu que les
caractères de fierté, de générofité, de fermeté, de fimple tendreffe ont befoin
d'être contraftés. La raifon en eft que
toute intrigue doit être en action & que
fi le caractère principal eft naturellement tranquille ; il faut que tout ce qui
l'environne le heurte pour le mouvoir.
Tel eft Augufte dans Cinna, tels font les
deux Horaces dans la Tragédie de ce
nom. Un avantage non moins réel, c'eft
que la paffion eft toujours neuve & que
l'impreffion n'en eft point affoiblie par
les reffemblances. Après Ariane, Phédre, Hermione &c. on a vu avec tranf-
port Orithie.

La délicatesse de quelques personnes ne souffre point sur la scène tragique les caractères odieux comme ceux d'Atrée, de Cléopatre dans Rodogune, de Médée &c. Et pourquoi n'y seroient-ils pas admis, s'ils sont peints en grand & avec les couleurs qui les font haïr ? On veut du moins qu'ils meurent. Il suffit, je crois, qu'on les déteste. Ce qui rend l'exemple du crime salutaire ou pernicieux, ce n'est pas la peine ou l'impunité : c'est la façon dont on le présente. La mort du coupable est moins effrayante, que l'horrible état où il vit. Il est vrai que ces tableaux demandent la plus grande force. Un Auteur qui dans la catastrophe de sa Piéce, veut faire survivre le criminel à l'innocent ; s'engage à mettre ses Spectateurs dans le cas de regarder la mort de l'innocent comme un bien, en comparaison de la situation affreuse où il réduit le coupable. De tels coups font des miracles du génie, & l'on doit trembler à l'essai.

Tel caractère n'est pas vraisemblable, n'est pas dans la nature. Cela signifie dans la bouche du commun des hommes, *Tel caractère n'est pas le mien.* Dans la bouche des Connoisseurs, cela signifie que dans tel caractère, le jeu des passions & des sentiments contredit l'idée qu'on a de la nature de l'ame. C'est de toutes les critiques la plus difficile à motiver & à détruire, parce qu'elle est prise dans le sentiment, & que le sentiment ne se discute point. Il seroit bon cependant de fixer & d'éclaircir ce point de Métaphysique.

Ou un caractère n'a qu'une seule passion sans contrepoids, ou il en a plusieurs qui se combattent. Dans le premier cas il est naturel que la passion s'irrite par les obstacles, qu'elle croisse dans le malheur, qu'elle se contredise, qu'elle s'immole elle-même à elle-même. Rien ne caractérise mieux l'amour de la Reine Elizabeth pour le Comte d'Essex, que la résolution qu'elle prend de lui faire épouser Sufolk sa Rivale, pour l'engager à prendre soin de sa vie. Dans le second cas où les passions se combattent dans le même caractère, il n'en est aucune qui ne puisse prévaloir, pourvû qu'on l'annonce comme dominante. Et de cette régle je n'exclus pas même les sentiments.

La passion porte avec elle le principe de son activité. C'est ce qui la distingue du sentiment, qui ne devient actif que lorsqu'il est remué par des causes étrangeres. L'amour, l'ambition, la vangeance sont des passions : l'ame qui les éprouve en est sans cesse agitée. L'amitié, l'amour paternel, l'amour de la vertu, l'amour de la patrie sont des sentiments: le calme est leur état naturel ; mais dès qu'ils sont mis en mouvement, on doit les compter au rang des passions. Ils en ont toute la violence & peuvent les vaincre ou leur céder suivant qu'on les a peints avec plus ou moins de force. Qu'on donne à Mérope telle passion qu'on voudra ; elle sera sacrifiée à la nature. Et pourquoi Socrate n'aimeroit-il pas la vertu, comme Mérope aime son fils ? Quelques personnes en seroient impatientées ; mais il est des suffrages qu'il faut sçavoir dédaigner. Corneille avoit conçu le dessein de mettre Sénéque * sur le Théâtre, & sans doute il en eût fait un Philosophe.

On dit souvent ce caractère me révolte. C'est quelquefois un éloge , & quelquefois une critique. Est-ce contre le personnage qu'on est révolté ? Souvent l'Auteur ne demande pas mieux. Si Racine avoit craint ce reproche , il n'eût mis sur le Théâtre ni Matan ni Narcisse. Est-ce contre l'Auteur ? c'est la plus cruelle de toutes les critiques. Dans ce dernier sens un caractère ne

* V. l'Ep. Dedic. d'Herac.

révolte jamais que par des traits qui contredisent l'attente des spectateurs : & cette secousse que produit en nous la surprise, ne vient que d'un défaut de nuance dans le caractere. Il n'est point d'événement ni de situation où l'on ne puisse amener l'ame des hommes ; mais il faut l'y conduire, non l'y précipiter. Cléopatre exige de ses enfans la mort de Rodogune ; on n'en est point révolté. Rodogune exige de ses Amants la mort de leur mere ; on se révolte. C'est que la proposition est dans le caractère de Cléopatre, non dans celui de Rodogune. Du reste Corneille a senti ce défaut mieux que personne ; mais il étoit nécessaire, & les beautés qui en naissent le rendent précieux aux Connoisseurs. Encore un exemple tiré de Racine.

En supposant que la gloire de la Gréce est intéressée à vanger Ménélas, & qu'on ne peut obtenir les vents qu'au prix du sang d'Iphigénie,

Je plains le sort d'Agamemnon au moment même où il se réfout à sacrifier sa fille. Mais je ne puis, sans indignation, lui entendre dire, en parlant à Achille qui veut mourir pour la défendre :

> Et c'eſt là ce qui rend ſa perte inévitable.

Sont-ce là les ſentimens que devoient exciter en lui les tranſports d'un Amant qui ſe déclare le défenſeur de ſa fille ? S'il n'eût répondu à ſes menaces qu'en l'embraſſant & en le baignant de ſes larmes, il nous en eût arraché. Ce n'étoit plus Agamemnon, dira quelqu'un ; Achille lui réſiſte, ſon orgueil en eſt bleſſé, *on ne connoît que trop la fierté des Atrides.*

Oui, mais Agamemnon eſt annoncé comme un pere tendre. On lui peint ſa gloire & les triomphes qui lui ſont réſervés : c'eſt un fardeau qui l'accable. Heureux, dit-il,

> Heureux qui ſatisfait de ſon humble fortune,
> Libre du joug ſuperbe où je ſuis attaché,
> Vit dans l'état obſcur où les Dieux l'ont caché !

Il n'est occupé que de sa fille : il veut lui sacrifier sa gloire & celle de la Grèce.

Non, tu ne mourras point. Je n'y puis consentir. Est-ce là cet homme qui dans ce même jour doit être tenté, ne fût-ce qu'un instant, de faire mourir sa fille par la seule raison que son Amant s'y oppose ?

Que les admirateurs de Racine me pardonnent cette remarque. Je ne la propose que comme un doute ; & fût-elle fondée, elle ne diminueroit point mon respect pour un Auteur de qui j'ai reçu tant d'importantes leçons.

Il faut prendre son parti dès l'expo-sition du sujet, & que l'idée qu'on donne d'abord de ses personnages prépare tout le rôle qu'ils doivent jouer dans le cours de l'intrigue. Avec cette précau-tion on fera triompher telle ou telle passion, tel ou tel sentiment sans sortir de la nature. Tous les caractères ne fe-ront pas également bons & vertueux ; mais ils feront tous vraisemblables.

Le

Le Caractère annoncé comme bon, doit l'être suivant les principes de la plus pure morale. J'aurois eu tort, par exemple, dans *Denys le Tyran* de préfenter *Dion* comme vertueux, si fa révolte étoit un crime. Mais elle eft un devoir. Denys s'eft emparé de l'autorité fouveraine par la violence. Les Syracufains, maîtres de leur liberté, ont le droit de fe révolter contre un particulier qui les affervit. Denys les retient fous fon obéïffance, à force de cruautés. Dion eft citoyen de Syracufe ; il doit donc s'unir à fes concitoyens pour les dégager, & ce qui feroit un attentat contre un Roi légitime, devient une action héroïque contre un Ufurpateur ; en un mot la violence de Denys eft un crime, la révolte de Dion, eft donc un acte de vertu.

Dans *Ariftoméne*, ce heros croit ne pouvoir fauver fa femme & fon fils, qu'en expofant fa Patrie à être faccagée: cette crainte le retient, il préfere l'Etat à fa famille, fuivant le principe le plus incon-teftable de la morale : & ceux qui le re-gardent comme un monftre, feroient comme lui à fa place, ou feroient eux-mêmes des monftres dans la fociété.

Mais quelque heureufement conçus, quelque bien foutenus que foient les Ca-ractères, ils ne peuvent réüffir au Théâ-tre qu'autant qu'ils concourent à l'intri-gue, & que l'intrigue les met en fitua-tion.

DE L'IN-TRIGUE. On fçait que l'intrigue eft l'enchaî-nement des parties de l'action, & c'eft encore un point où les modernes me femblent fupérieurs aux Anciens. On loue la fimplicité des Tragédies grec-ques, & l'on avoue que nous aurions tort de la prendre pour modèle. En ef-fet, l'Iphigénie en Tauride, & le Phi-loctete, feroient trop fimples pour notre Théâtre. Quelle en eft la raifon, c'eft que la bonté d'un ouvrage eft relative à ceux à qui on le deftine. Une partie effentielle du goût d'un Auteur , c'eft la connoiffance jufte & délicate du carac‑tère de fon fiecle & de fa nation , & le comble de l'art, c'eft d'allier ce rapport avec les principes incorruptibles de la belle nature. Ainfi les regles varient à certains égards avec les lieux & les tems. Il eft avéré , que ce qui enflame une imagination italienne , emeut à peine une tête fuédoife. Nous devons donc obferver dans la chaleur de l'intri‑gue de nos Tragédies, la même propor‑tion avec l'intrigue des Tragédies grec‑ques , que la nature a obfervée dans la différence des climats ; & un Mathéma‑ticien pourroit réduire ces gradations à la précifion du calcul. A la différence des climats , fe joint celle des tems & des gouvernemens. Des efprits fans ceffe agités par le tumulte des affaires publi‑ques , tels que dans un état populaire , font bien plus fufceptibles des grandes impreffions, que des ames endormies dans le calme d'une vie privée, telles que dans un Etat Monarchique. C'eſt par une raiſon à peu près ſemblable, que ceux des ouvrages de Corneille, qui ont le mieux réuſſi dans leur nouveauté, ont aujourd'hui ſi peu de ſuccès. L'efferveſcence des Guerres Civiles, n'étoit pas encore appaiſée du tems de Corneille. Tout ce qui reſpiroit la politique, la fermeté d'ame, la hauteur des ſentimens étoit bien reçu d'un peuple, que ſes malheurs avoient tourné à l'héroïſme, & qui croyoit ſe reconnoître à chaque trait. Des tems plus tranquiles, ont réfroidi les eſprits en les calmant, & les événements tragiques, qui étoient comme des actions pour nos ancêtres, ne ſont plus pour nous que des récits. L'état eſt plus heureux ; mais l'art du Théâtre plus difficile.

En ſuppoſant donc, que le ParterreFrançois eſt plus lent à émouvoir, que le Parterre d'Athènes, il y avoit deux moyens de ſuppléer au dégré de chaleur qui nous manque. L'un étoït la force des situations; l'autre, leur nombre & leur durée.

Les Anglois, qui par rapport au climat, font dans le même cas que nous, ont du côté du Gouvernement, le même avantage que les Athéniens. Mais soit que l'esprit philosophique les réfroidisse, soit que les combats des Gladiateurs, que la politique autorise encore parmi eux, les rende moins sensibles à la simple imitation des catastrophes tragiques; soit enfin que la populace qui compose à Londres, la plus grande partie des Spectateurs, ait fait prévaloir son goût barbare & grossier; leur Théâtre a porté la Tragédie à un dégré d'horreur inconnu aux anciens. Rien ne les choque de tout ce qui peut les émouvoir. Les François aussi délicats que s'ils étoient plus sensibles, n'ont pu souffrir des spectacles si effrayants. La coupe d'Astrée a fait détourner les yeux à toutes nos femmes, la vuë d'un échafaut les

révolteroit, à peine s'eft-on accoûtumé
au coup de poignard. N'ofant donc
hazarder fur notre Scene, des objets
plus frappans, que ceux que nous
préfente le Théâtre des Grecs ; il a fallu multiplier & prolonger les mouvemens tragiques, afin de produire dans
des ames plus lentes, le même dégré d'é-
motion : ce qui rend l'intrigue de nos
Tragédies fi difficile, que les Poëtes
François auroient befoin d'une imagination Athénienne, tandis qu'une imagination françoife auroit fuffi aux Poëtes
Athéniens. C'eft encore une compenfa-
tion en *raifon inverfe*, qui tient de l'e-
xactitude mathématique. Une difficulté
non moins férieufe, nous vient de l'habitude & de la connoiffance du Théâtre,
que les François ont par-deffus les Grecs.
La continuité des Spectacles, réfroidit
les Spectateurs. Le peuple d'Athènes n'a-
voit des Tragédies, qu'à certains jours
de l'année ; chez nous, c'eft un amufe-
ment prefque journalier ; & l'on ne fçait

que trop , combien les plaifirs répétés , s'affoibliffent.

Je ne parle point de l'invention de l'Imprimerie, de cet Art fi utile à la Société , fi favorable au progrès des Lettres ; mais fi incommode pour les Auteurs vivants : de cet Art , qui donne à tous les Spectateurs , la cruelle facilité de juger dans le fens froid & la folitude du cabinet , ce que les Grecs n'auroient vu, que revêtu de la pompe du Spectacle. Les copies fur des *rouleaux* étant plus couteufes, plus lentes à fe multiplier , & par conféquent moins communes que nos *imprimés ;* les Poëtes d'Athènes avoient peu de Lecteurs, & le Public n'en étoit que plus facile à féduire ; l'ufage & la Lecture rendent nos Spectateurs plus clairvoïants; mais moins fufceptibles d'illufion. On fçait d'avance, tout ce que peuvent produire le contrafte des caractères , & le combat des paffions. Toutes les fituations font prévues , & à moins d'un art prodigieux, on ne peut plus préparer un dénouement, fans le laiffer entrevoir. Le dirai-je enfin ? les Poëtes fe font trop communiqués. Ils ont admis les profanes à leurs myftères : tout eft dévoilé. On voit les cordages qui font mouvoir les machines, & l'enchantement eft détruit. Les Mufes comme les Sibiles, n'auroient dû rendre leurs oracles, que du fond d'un antre innaceffible.

Pour comble de malheur, tout eft moiffoné fur la route que nos maîtres nous ont tracée. Corneille a épuifé les reffources de la politique & de l'héroïfme, ou plutôt il a porté fi loin l'un & l'autre, qu'on feroit trop vain & trop humilié en effayant de le fuivre. Racine a mis en œuvre tous les mouvemens de la jaloufie & de l'amour, leurs rivaux ont employé tout ce que les grandes paffions ont de théâtral. Tous les refforts de l'ame ont été mis en jeu, tous les intérêts combinés, tous les caracteres faifis & rendus avec fuccès. Il ne refte

donc plus pour qui veut ne pas ref-
fembler , qu'à chercher des fituations
nouvelles, des coups de Théâtre fra-
pans , & cette route eft entrecoupée
d'écueils & de précipices. Quel édifice
à conftruire , qu'un plan de Tragédie , où l'on paffe fans interruption ,
d'une fituation intéreffante , à une
autre plus intéreffante encore , juf-
qu'au dénoûment : où l'action renfer-
mée dans les bornes de la plus exacte
vraifemblance , ne forme qu'une chaî-
ne, tortueufe à la vérité ; mais une , fimple & fans branches : où tous les événe-
nements font tirés du fond du fujet , &
du caractere des perfonnages ! or telle
eft l'idée qu'on a aujourd'hui de la Tragédie , à l'égard de l'intrigue ; & telle eft
la regle , fur laquelle nous devons nous
attendre à être jugés.

Rien n'eft plus fimple que l'idée que
je m'étois faite de l'unité d'action & de
dénoûment dans la Tragédie. On pré-

fente des perfonnages qui doivent exé-
cuter, ou fouffrir une action Théâtrale.
On intéreffe les Spectateurs au fort de
ceux qu'on veut faire plaindre ou pour
lefquels on veut faire trembler. On les
met en péril en même-tems qu'en action.
Ce péril continuë & redouble à mefure
qu'ils agiffent ; ou il eft immédiatement
remplacé par des périls nouveaux qui
naiffent du même fonds. Les perfonnages
périffent ou font en fûreté par l'iffuë de
l'action. Voilà une intrigue fimple &
complette. J'ai crû obferver cette méthode dans Ariftomène ; cependant
quelques Critiques ont prétendu y voir
une duplicité d'action & de dénoûment.
Je me fuis trompé fans doute ; mais eft-
ce dans la théorie, eft-ce dans la prati-
que ? Je fens bien que l'action eft dou-
ble dans l'Hécube d'Euripide, où à la
mort de Polidore fuccéde le péril de
Polixène. Je fens bien comment l'action de la Tragédie des Horaces eft fi-

nie au 4ᵉ Acte , où la querelle des Albins & des Romains est terminée par le combat dont Horace sort victorieux ; mais l'action d'Aristomène , c'est la persécution que ce Héros éprouve dans le sein de sa patrie , & pour la finir il faut qu'il meure ou qu'il triomphe de ses persécuteurs. Si sa femme & son fils périssoient au 4ᵉ Acte , le grand intérêt seroit détruit , mais l'action ne seroit pas achevée. Je les ai laissés en péril jusqu'au dénoûment, par l'alternative du 5ᵉ Acte. Ce dernier trait de Cléonnis a été condamné , & personne ne m'en a bien dit la raison. Est-ce parceque tout pouvoit être appaisé dès le commencement du 5ᵉ Acte? mais Cléonnis pouvoit-il l'être sans démentir son caractere ? La derniere ressource qu'il employe est-elle indigne de lui, ou étrangere au sujet ? Depuis quand enfin les péripéties ne sont-elles plus des beautés Théâtrales ? Si l'intérêt qu'on prend à

F vj

Ariſtomène faiſoit ſeul trouver mauvais qu'il retombe dans le péril au moment où il ſemble prêt d'en ſortir ; je ſerois bien flatté de cette critique. Un Auteur eſt bien heureux que ſes Spectateurs s'impatientent des malheurs d'un Perſonnage qui doit en ſortir victorieux à la cataſtrophe. Mais en excitant cette impatience, il s'engage à la terminer par un dénoûment ſatisfaiſant. Celui d'Inès auroit fait tomber Ariſtomène. En général les cataſtrophes heureuſes pour les Perſonnages intéreſſants, renvoyent les Spectateurs plus contens de l'Auteur & du Spectacle, & le genre oppoſé, quoique peut-être plus tragique, laiſſe trop d'amertume dans l'ame, pour être mis au rang des plaiſirs. A mon avis la Tragédie eſt un jeu, pendant lequel l'ame ſe plaît à être affligée, mais d'où elle veut ſe retirer avec une impreſſion douce & voluptueuſe.

Intéreſſer, dans le ſens des Anciens,

c'eſt inſpirer la terreur ou la pitié ou toutes les deux à la fois. Pour y parvenir ils ont crû que c'étoit aſſez de préſenter des hommes illuſtres dans l'adverſité ſans leur donner de caractere intéreſſant par lui-même. Tels ſont *Œdipe* & *Philoctete* qui n'ont dans Sophocle rien qui nous attache que leurs noms & leurs malheurs. J'oſe même dire qu'*Electre* dans Euripide eſt beaucoup moins qu'intéreſſante, par la dureté de ſon caractére. Enfin je vois quelques vices marqués dans leurs perſonnages, mais très-peu de vertus : ſoit qu'ils euſſent aſſez bonne opinion de leurs Spectateurs pour croire que la qualité d'hommes ſuffiſoit aux malheureux pour émouvoir leurs ſemblables, ſoit que la Morale n'ayant pas atteint le degré de ſublimité où elle eſt parvenuë depuis, ils n'euſſent pas des couleurs aſſez fortes pour rendre les vertus Théâtrales.

Mais ce qu'ils ont mieux ſaiſi que

nous, c'eſt l'intérêt du ſujet. Le Théâtre Moderne n'en a point de comparables à ceux de la Mérope, de l'Œdipe, de l'Hécube, des deux Iphigénies. Telle eſt la bonté de ces ſujets qu'il eſt impoſſible qu'ils ceſſent d'être intéreſſants dans quelque tems, dans quelque pays & de quelque façon qu'on les traite ; pourvu qu'ils ne ſoient ni défigurés ni avilis. Et nous avons bien des Tragédies célébres dont on ne pourroit pas ainſi garantir le ſuccès. La nature eſt toujours & par tout la même ; mais les mœurs & la forme des paſſions ſont aſſujetties aux mêmes viciſſitudes que les tems & les Empires. Quel ſuccès n'auroit pas eu à Rome la Tragédie des Horaces ? Quel ſuccès auroit eu Britannicus à Lacédémone ?

On a cru long-tems, qu'il n'y avoit dans la Tragédie, que deux eſpéces d'intérêt, *la Terreur* & *la Pitié*. Il eſt vrai qu'on n'étoit d'accord, que dans les termes, & qu'on différoit souvent dans l'application. *La Pitié* n'a jamais été équivoque, il n'en est pas ainsi de *la Terreur*. Tout le monde est convenu avec Aristote, qu'il falloit inspirer la terreur, qu'Œdipe, Promethée, Oreste & Méléagre inspiroient la terreur; mais si Aristote eût dit à ses Partisans : *inspirer la terreur à quelqu'un, c'est lui faire craindre de tomber dans les malheurs qu'on lui présente*. Seroit-on convenu avec Aristote, qu'en effet on craignoit d'assassiner son pere, & d'épouser sa mere, comme Œdipe ; d'être déchiré par un Vautour, comme Promethée ; de tuer sa mere, & d'être tourmenté des Furies, comme Oreste ; d'être consumé en même tems qu'un tison comme Méléagre ? la terreur ne vient donc pas toujours d'un retour sur soi-même, comme le prétend Aristote, & souvent ce n'est pas pour nous, que nous frémissons au Spectacle ; mais pour celui qui est en péril , & auquel nous nous intéreſſons.

Je ne prétends pas traiter de chiméri-
que , cette terreur ſalutaire dont parle
Ariſtote ; mais je crois qu'elle ne peut
être excitée que par des exemples, à la
portée des Spectateurs. Tels ſont les malheurs des paſſions, qui pour être repré-
ſentés dans des perſonnages illuſtres ,
n'en ſont pas moins applicables au Vul-
gaire. Ce genre de terreur, mêlée à la
pitié , forme l'intérêt le plus vif & le plus
général;mais elle doit être dans le fonds
du ſujet , & tout l'art des détails ne peut
y ſuppléer. Que ces ſujets ſont précieux;
mais qu'ils ſont rares , & qu'il eſt difficile d'y éviter le reproche , ſi rebatu &
ſi injuſte des reſſemblances ! pour quoi
la nature eſt-elle dans tous les cœurs , ſi
ſemblable à elle-même , ou pour quoi
fait-on une honte à ceux qui l'imitent,
de la peindre avec les mêmes traits ?

Il eſt un intérêt de curioſité qui ne
ſuffit point à la Tragédie, mais qui eſt

essentiellement uni à celui de la terreur & de la pitié. Car ces deux sentiments portent sur l'incertitude ; & de celle-ci naît une curiosité inquiéte, de voir l'issuë des situations. De-là vient que ce qu'on prévoit n'intéresse plus , & que la situation la plus tragique devient froide dès qu'on voit un moyen d'en sortir sans tomber dans une situation plus terrible encore.

Il est un intérêt d'admiration que Corneille a introduit sur le Théâtre & auquel il semble quelquefois s'être borné. Mais il faut avouer que ce n'est pas dans ses meilleures Tragédies. Ce sentiment qu'excite en nous la vertu , la grandeur d'ame , la sagesse, & tout ce qui porte l'empreinte de l'héroïsme sans même en excepter le crime ; met le comble à l'intérêt Théâtral, mais ne sçauroit y suffire. Il faut même s'attendre a voir une Tragédie, où cette espece d'intérêt domine, plus estimée que couruë. Les hommes compatiſſent avec plaiſir : mais ils n'admirent qu'à regret. C'eſt que la pitié flate l'orgueil de celui qui l'éprouve, & que l'admiration le bleſſe. On croit être au-deſſus de ceux qu'on plaint ; & l'on avoue qu'on eſt au-deſſous de ceux qu'on admire. Ajoutons qu'on ſe refroidit ſur le grand plûtôt que ſur le pathétique, & que pour admirer il faut la même ſurpriſe que pour rire.

Un point que je croyois décidé, c'eſt que l'intérêt dans la Tragédie devoit être *un* comme l'action : c'eſt-à-dire, ne porter que ſur une ſeule perſonne ou ſur pluſieurs qui ſeroient unies par leurs périls & par leurs infortunes. J'en ai conféré avec des connoiſſeurs. Ils ont prétendu qu'on pouvoit diviſer l'intérêt : & ils m'ont cité des exemples reſpectables, tels que le Cinna & l'Andromaque. J'ai réfléchi ſur ces exemples & j'ai compris que l'on ne m'avoit pas en-

tendu. Les perfonnages divifés d'intérêt
dans une Tragédie, peuvent nous atta-
cher alternativement fans affoiblir l'intérêt général, lorfque leurs intérêts particuliers ne font pas exclufifs. On plaint
Hermione, on plaint Andromaque, &
de là refulte un défir commun que Pir-
rus époufe l'une & qu'il laiffe à l'autre
la liberté. On admire Emilie, on craint
avec elle pour la vie de Cinna, & l'on
eft touché de la vertu d'Octave ; & de
là réfulte un défir commun de voir Octave en fûreté, Emilie appaifée &
unie à fon amant. Ces intérêts particuliers concourent à l'intérêt général, &
s'entr'aident au lieu de fe détruire. Mais
dès qu'on voit de l'impoffibilité à con-
cilier les intérêts particuliers, ils s'affoibliffent mutuellement, en faifant
diverfion à l'émotion des fpectateurs : &
la Phédre de Racine me femble être
dans ce cas, par l'impoffibilité qu'on
trouve à voir Phédre, Hypolite & Ari-
cie en même-tems heureux.

Ainfi l'intérêt doit dépendre du fonds du fujet & du caractère des perfonnages; mais c'eft au Dialogue à faire fortir l'un & l'autre.

DU DIALO-
GUE, On peut diftinguer quatre formes de Scènes dans la Tragédie. Dans la premiere, les Interlocuteurs n'ont aucun deffein, & s'abandonnent aux mouvemens de leur ame, fans autre motif, que de l'épancher. Ce font autant de Monologues qui ne conviennent qu'à la violence de la paffion, & qui dans tout autre cas, fans en excepter les expofitions, doivent être exclus du Théâtre, comme froids & fuperflus.

Dans la deuxiéme, les Interlocuteurs ont un deffein commun qu'ils concertent enfemble, ou des fecrets intéreffants qu'ils fe communiquent. Telle eft l'incomparable Scène d'expofition, entre Emilie & Cinna, telle eft la confidence mutuelle, entre Œdipe & Jocafte. Cette forme de Dialogue eft froide &

lente , à moins qu'elle ne porte fur un intérêt très-preffant.

La troifiéme eft celle où l'un des interlocuteurs a un projet ou des fentimens qu'il veut infpirer à celui avec qui il eft en fcène. Telles font la Scène de Mithridate avec fes enfants , & la harangue d'Antoine au peuple dans la mort de Céfar. Comme l'un des perfonnages n'eft ni en action ni en fituation ; le dialogue ne fçauroit être ni rapide ni varié , & ces fortes de Scènes ont befoin de beaucoup d'éloquence.

Dans la quatriéme les Interlocuteurs ont des vuës , des fentiments, ou des paffions oppofés , & c'eft la forme de Scène la plus favorable à l'action théâtrale. Quelquefois tous les perfonnages ne fe livrent pas au Dialogue , quoiqu'ils foient tous en action & en fituation. Telles font dans le fentiment , la fcène de Burrus avec Néron , celle d'Augufte avec Cinna : dans la véhémence, celle de Palamede avec Oreſte & Eleĉtre, celle de Nereſtan avec Zaïre : Dans la paſſion, la déclaration de Phédre à Hypolite : dans la politique, la Scène de Cléopâtre avec Antiochus & Séleucus ſes fils, celle d'Arons avec le fils de Brutus. Et alors cette forme, comme la précédente demande d'autant plus de force & de chaleur dans le ſtile, qu'elle eſt moins animée par le Dialogue. Souvent tous les Interlocuteurs ſe livrent aux mouvements de leur ame, & ſe heurtent à découvert. Voilà, ce ſemble, les Scènes qui doivent le plus échauffer l'imagination du Poëte. Cependant on en voit peu de modéles dans nos meilleurs Tragiques, ſi l'on excepte Corneille, qui a pouſſé la vivacité, la force & la juſteſſe du Dialogue au plus haut degré de perfeĉtion.

L'extrême difficulté de ces Scènes vient de ce qu'il faut à la fois que le ſujet en ſoit très-important, que les

caractéres des Interlocuteurs foient par-
faitement contraftés , qu'ils ayent des
intérêts oppofés également vifs & fon-
dés fur des fentiments qui fe balancent ,
qu'enfin, l'ame des Spectateurs foit tour à
tour entraînée vers l'un & l'autre parti
par la force des répliques. On peut
citer pour modèles en ce genre , la
délibération d'Augufte avec Cinna &
Maxime , celle de Ptolomée avec fes
deux Miniftres dans la mort de Pompée , la fcène entre Horace & Curiace ,
celle entre Felix & Pauline , la confé-
rence de Pompée & de Sertorius , tout
le cinquiéme acte des Horaces , qu'on a
critiqué comme hors-d'œuvre , & qu'on
eût dû vanter comme un chef-d'œuvre
d'Eloquence : enfin plufieurs Scènes du
Cid, d'Heraclius , &c. & furtout cette
admirable Scène entre Chiméne & Ro-
drigue , où l'on a tant relevé quelques
jeux trop recherchés dans l'expreffion ;
fans dire un mot de la beauté du Dia-

logue, de la nobleffe & du naturel des fentiments qui rendent cette Scène une des plus pathétiques du Théâtre. Je ne vois dans Racine que deux Scènes de cette efpéce l'une entre Britannicus & Néron l'autre entre Agamemnon & Achille, & s'il m'eft permis de le dire, la premiere ne porte pas fur un intérêt affez marqué : ce n'eft qu'une difpute en l'air entre deux jeunes Princes ; & dans la feconde la caufe d'Achille eft trop bonne. De là vient que la premiere n'attache point, & que la feconde ne balance pas affez l'ame des Spectateurs. Mais l'expofition de Brutus me femble digne de Corneille.

En général le défir de briller a beaucoup nui au Dialogue de nos Tragédies. On ne peut fe réfoudre à faire interrompre un perfonnage à qui il refte encore de bonnes chofes à dire, & le goût eft la victime de l'efprit. Cette malheureufe abondance n'étoit pas

connuë

connuë de Sophocle & d'Euripide, & si les Modernes ont quelque chose à leur envier; c'est l'aisance, la précision, & le naturel qui régnent dans leur Dialogue.

La Tragédie a-t-elle un stile, un ton qui lui soit propre & qui la distingue du Poëme épique ? C'est une question que plusieurs personnes trouveront ridicule ; Mais qu'on examine les modèles dans l'un & l'autre genre , & l'on verra qu'elle n'est pas si décidée.

1°. Le Poëme épique ne diffère en rien de la Tragédie , dès que le Poëte disparoit, & qu'il introduit ses Personnages sur la Scène. Ainsi le style du deuxiéme, du troisiéme , & d'une partie du quatriéme Livre de l'Enéïde ; le style du deuxiéme & du troisiéme Chant de la Henriade est tel qu'il doit être dans une Tragédie ; Et un Auteur dramatique pourroit, & devroit peut-être

faire parler Priam aux pieds d'Achille ,
comme l'a fait parler Homère. Il en eſt
de même des adieux d'Heƈtor & d'Andromaque , des regrets d'Evandre ſur
la mort de Pallas , des plaintes de Ni-
ſus ſur la mort d'Euriale , & d'une infinité d'autres morceaux de ſentimens
& de paſſions qui dans les Poëmes épi-
ques ſont de très-belles Scènes de Tragédie. La partie Dramatique de l'épopée peut donc être tranſportée ſur le
Théâtre , ſans changer de ſtile & de
ton. Mais il faudroit la dépouiller de
quelques-uns de ſes détails. Un exemple
fera ſentir ma penſée. On a reproché
à Racine d'avoir trop mis d'épique dans
le recit de Théraméne. Il n'a fait cependant, qu'imiter la deſcription de la mort
de Laocoon, que tout le monde admire.
D'où vient , que l'un eſt un défaut dans
Racine , & l'autre , une beauté dans
Virgile ; eſt-ce parce que l'un ſe trouve
dans un Poëme Epique , & l'autre dans

une Tragédie ? non, dans l'un & l'autre, le Poëte difparoît, & c'eft un de fes Perfonnages qui parle ; mais la fituation d'Enée n'eft pas la même que celle de Théraméne, & Didon peut écouter avec plaifir des défcriptions, qui doivent accabler Théfée. Ainfi la narration de Théraméne feroit trop épique, même dans un Poëme épique, & celle d'Enée ne le feroit pas trop dans une Tragédie ; mais elle y feroit déplacée, comme trop peu intéreffante pour les Interlocuteurs. Comme les Perfonnages ne font jamais de fens froid dans la Tragédie, tout ce qui n'a aucun rapport à leur fituation, leur eft infupportable, ou du moins indifférent ; & c'eft la raifon qui exclut de ce Poëme, tout détail purement poëtique. Qu'importe à Arianne, de fçavoir fi le Vaiffeau qui lui enleve fon amant, laiffe un fillon après lui, & fi l'Onde écume fous les rames ? Ce n'eft donc pas le ftile qui differe dans l'un & l'autre Poëme : les mêmes choses y doivent être exprimées de la même façon ; mais les mêmes choses n'y doivent pas être admises. Un morceau dans lequel une longue comparaison seroit à sa place, doit être lui-même exclu de la Tragédie. Pourquoi ? c'est que tout ce qui se raconte sur le Théâtre, doit intéresser vivement le narrateur ou l'auditeur, ou tous les deux à la fois : Et dans l'un & l'autre cas, il n'est pas naturel, que celui qui s'y intéresse, permette à l'autre de s'écarter, ou s'écarte lui-même du fil de la narration. Mais je le répéte : ce n'est pas le stile, ce sont les écars qu'il faut condamner. En voici la preuve. Rien de plus épique, que la description du triomphe de Titus dans Berenice : que plusieurs endroits de l'Andromaque, où Racine a traduit en Maître, les vers de Virgile : que le sacrifice d'Œdipe dans la nouvelle Tragédie de ce nom, & tous ces tableaux sont très-bien placés. C'est que tous les détails en sont intéressants pour les Personnages, & que tout ce qui l'est appartient à la Tragédie. Berenice, Andromaqué, Œdipe, ont dû être frapés vivement de ce qu'ils racontent, & doivent le peindre de même. Ce qui rend ces morceaux encore plus remarquables, c'est qu'ils concourent à l'action. Celui de Berenice est une expression vive & naturelle de son amour pour Titus : Celui d'Œdipe prépare sa reconnoissance avec Jocaste : ceux d'Andromaque entretiennent son amour pour Hector, & son aversion pour Pyrrhus. C'est ainsi que les détails devroient faire partie de l'édifice, dont ils sont les ornements.

Homere, en parlant du matin, dit : l'*Aurore avec ses doigts de rose , ouvre aux coursiers du Soleil , les portes de l'Orient.* Adisson, dans l'exposition de son Caton, fait dire à l'un des fils de ce

Héros : *l'Aube est couverte, le temps s'appéfantit, & des nuages épais s'op-pofent à la naiffance du jour, de ce jour qui doit décider le deftin de Caton & de Rome.* La defcription d'Homere, n'eft que poëtique ; celle d'Adiffon eft vrai-ment tragique, parce qu'elle naît de la fituation. Il eft naturel que le fils de Ca-ton, à qui cette journée eft redoutable, tire des préfages de tout, & remarque les circonftances qui accompagnent la naiffance de ce jour terrible. Jufque-là, je crois avoir éclairci ce point de Litté-rature ; mais je n'ai encore traité qu'une partie de la queftion.

2°. Dans l'Epopée, c'eft le plus fouvent le Poëte qui parle : on le fuppofe infpi-ré ; il doit donc, ce femble, prendre un ton plus haut, un ftile plus hardi que les perfonnages qu'on introduit fur la Scène, & dans cette partie du moins, le ftile du Poëme épique femble differer de celui de la Tragédie. Qu'entendons-nous par

un ton plus haut & plus hardi ? un ſtile
plus véhément & plus figuré. Mais un
intérêt vif, une extrême ſenſibilité, une
imagination échauffée par la grandeur
de ſon objet, ne tiennent-ils pas lieu au
Perſonnage de la prétendue inſpiration
du Poëte ? c'eſt le caractère d'une ame
fortement affectée, de trouver toutes les
expreſſions au-deſſous de ce qu'elle ſent.
Alors il eſt naturel qu'elle ait recours aux
images. Tandis que le ſentiment conſer-
ve ſa douceur naturelle, rien ne le peint
mieux, qu'une expreſſion ſimple ; mais
lorſqu'il conçoit le dégré de chaleur de
la paſſion, rien ne lui convient mieux
que le ſtile figuré. Un amant qui n'eſt que
tendre, dit ſimplement : *je vous aime ;*
mais que ne dit-il point, lorſqu'il eſt paſ-
ſionné ? toutes les langues ſont trop foibles pour lui, & toute la nature ne lui
peut fournir des images aſſez vives, pour
peindre ſon ame aux yeux de ſon aman-
te. Il en eſt de même de toutes les

paffions. Dans les querelles du bas peuple, il s'échape fouvent des traits de force qui furprendroient même dans la bouche d'un Poëte, & ces traits font plus
vifs & plus fréquens chez les nations, à
qui la nature du climat donne des paffions plus fougueufes, & une imagination plus ardente.

Il eft des morceaux tranquiles, comme
ceux de politique & de raifonnement, où
le ftile figuré ne feroit pas à fa place ;
& Corneille n'y a mis que l'énergie
d'une expreffion jufte & noble. Mais
peut-être ces morceaux, qu'un génie
puiffant a fait admirer dans fes Tragédies, font-ils étrangers à ce genre de
Poëme. Du refte, ces morceaux placés
dans un Poëme Epique, auroient dû être
écrits avec la même fimplicité. Il en eft
de même des morceaux de fierté ou de
dédain. L'orgueil, & même la dignité af-
fecte une expreffion froide & laconique.
Quant aux morceaux d'éloquence, comme ils peuvent être dans le fentiment,

dans la paſſion, dans le raiſonnement &c. Ils ſuivent le ſtile propre à
ce qu'ils expriment, ſoit dans la Tragédie ſoit dans le Poëme héroïque.

De toutes ces obſervations on peut
conclure, que dans le même cas où le
ſtile épique ou figuré convient à l'Epopée, il convient auſſi à la tragédie.

Quelques Critiques admettent bien les
images reçuës & uſitées dans le ſtile de la
Tragédie ; mais ils en excluent certaines
méthaphores à cauſe de leur hardieſſe. J'a-
vouë que je n'ai jamais compris cette diſ-
tinction. Qu'entend-on par une métapho-
re hardie ? Si elle eſt baſſe, obſcure ou
fauſſe ; elle ne vaut rien. Si elle eſt noble,
claire & juſte, elle eſt parfaite. Mais elle
eſt neuve. Tant-mieux. L'uſage eſt le tyran des mots, non des images. Nous n'a-
vons point de bon écrivain qui n'en ait
riſqué, & c'eſt à ces hardieſſes que toutes
les langues ont dû leur embelliſſement.
C'eſt ſurtout le choix, la continuité &

la justesse des images qui fait le charme du stile & qui distingue Racine de Pradon.

On ne sçauroit se prescrire de regles précises pour les détails: il est même aussi dangereux de les affecter, que de les négliger. S'ils abondent, ils absorbent l'intérêt & l'action: s'ils sont trop épargnés, le stile est sec & sans force. C'est l'embonpoint d'un ouvrage: ils en doivent embéllir les traits, non les effacer. Ménagés avec goût, ils jettent sur les endroits foibles un éclat qui supplée à la chaleur, à l'intérêt, & quelquefois même à la vraisemblance. C'est le prestige de l'art, & je ne vois que la passion qui se soutienne sans leur secours. Comme ils développent les sentimens; c'est par eux qu'un caractère est ennobli. Dénué de ses couleurs, le dessein du caractère d'Horace le fils n'eût paru que feroce. Corneille le colorie; il est héroïque. On ne peut se persuader, avant d'y réfléchir, combien les détails changent les caractères. Une infinité de personnes vantent le rôle de Mithridate : cependant tout ce qu'il fait, est d'un homme du commun. Mais quelques détails frapants, quoiqu'étrangers à l'action, donnent de lui l'idée d'un Héros, & dans un pere de famille assez bourgeois, on admire le vangeur des Rois, & le rival du peuple Romain. Enfin les détails peuvent seuls suppléer dans le cabinet, à l'illusion du Théâtre. On verra jouer Inés, on y versera des larmes, on en sortira saisi d'attendrissement & d'admiration ; on ne la lira jamais.

On sera peut-être surpris que je n'aye rien dit de la fameuse régle des trois unités. C'est que Corneille a traité à fond cette matiére. Mais je voudrois bien que lui & les autres modèles s'y fussent moins scupuleusement soûmis. L'unité d'action est essentielle à l'intérêt : Celle des vingt-quatre heures n'est pas gênante. Mais que l'unité de lieu nous interdit de beaux sujets ! On veut bien que la ſcène change d'un appartement dans un autre. Y auroit-il moins de vraiſemblance à paſſer d'une Ville dans un camp, & d'un Palais dans une priſon ; pourvû que le trajet fût poſſible dans l'intervalle des actes ? Les commençants ne peuvent former là-deſſus que des plaintes : C'eſt aux maîtres de l'art à donner l'exemple.

Finiſſons. J'entens déjà les Critiques ſe récrier ſur l'audace de mes remarques. Mais on ne ſçauroit, je crois, s'expliquer avec trop de franchiſe, lorſqu'on ne veut point tirer vanité de ſes opinions, & qu'on n'écrit que pour s'éclairer. Les gens mal intentionés me condamneront ; à la bonne heure. Les connoiſſeurs deſintéreſſés me ſçauront peut-être bon gré, d'avoir voulu approfondir mon art : & l'indulgence du Public m'autoriſe à lui communiquer mes idées, avec la confiance & l'ingénuité d'un diſciple qui s'éclaircit avec ſon maître.

F I N.

www.ingramcontent.com/pod-product-compliance
Ingram Content Group UK Ltd.
Pitfield, Milton Keynes, MK11 3LW, UK
UKHW020946120726
13693UKWH00004B/1570